꺼이꺼이 울었다

늘대처럼 울었다

한참을 울었다

캄캄해서 울었다

삶에 들어온 글
- 시인의 말

이 시집은 내 삶의 흔적들을 모은 것입니다.
몸으로 겪고 가슴으로 느낀 이야기들을 실었습니다.
내 삶의 광장으로 들어온 대상들을 눈여겨보고
마음속 코끼리가 시키는 대로 적었습니다.
머릿속으로만 지은 글, 남들에게 보여주려고
재주를 부리고 억지로 꾸며 쓴 글은 피했습니다.
들꽃 마음과 아이 같은 마음으로 세상을 바라보았더니
작은 꽃 한 송이에서도
삶의 기적과 평화를 찾을 수 있었습니다.
나무처럼 들꽃처럼
누가 돌봐 주지 않아도 억울함이 없는 마음
민들레 꽃이 필 때 웃음을 짓고
홀씨 되어 날아갈 때 눈물 고이는
아이 닮은 마음을 담았습니다.

일상의 가벼움과 무거움 사이에서
밤새도록 서성이고 있을 한 사람에게 이 글을 드립니다.
작은 시냇물 소리와 같은 위로가 되기를

2020년 11월 안개도시 춘천에서

정주영

차례

3부 빛들 모여 웅성거리네

4부 더 사랑하며 살라고

5부 **훨훨 나비되어**

1부

꽃도 귀가 있어라

봄이 오면

봄이 오면
또 어쩌나
설렘 노랗게 피어나
분홍빛 그대 앞에
설 수 있을까
아,
봄에는
피가 끓는다

민들레야

함부로
꺾어서 미안해
몰랐어
너도
아파한다는 걸

새야

새야 노올자
새애애야 노올자
나뭇가지에
숨지 말고 노올자
새애애야 노올자
가지 말고 노올자
개나리 울타리
노란 집 짓고 노올자

개나리꽃

벚꽃길 따라서
노란 줄
그어 놓고
여기서부터 봄이라고
활짝 웃는다

안개꽃

네가 싫어졌어
까페 이브에서
네가 이 말 했을 때
갑자기 세상은 어두워졌고
네가 없는 지구를 상상했어
네가 없는 들판에
꽃씨를 뿌리고
연민
설움
그리움으로
안개꽃을 피울 거야

일몰(日沒)

삼악산 너머에
진달래가 폈나봐
연분홍
꽃물결이
출렁거리네

첫사랑

짧게
더욱 짧게
그러나
짧아지지 않는 것
내 심장에 꽂힌
화살 하나
긴
그리움

강바람이

별 하나
나무 하나
풀꽃도 하나
사람아
너도 혼자야
혼자 사는 거야
그걸 몰라
강바람이 알려 주었다

정 많던 사람아

시도
노래도
사랑으로 넘치는데
나는 외롭습니다
비 오는 저녁
파란 우산 품에 안고
골목길 마중 나오던
정 많던 사람아
이젠
이런 사람
볼 수 없나요

새벽 바다

밤새도록
택배 물류창고 속에
너를 밀어 넣고
스마트폰 통신비를 벌어야 했지
밤을 건너 도착한 새벽역(驛)
희망 택배는
배달되지 않았고
한 줌 그리움도
던져 버렸지
텅 빈 새벽
너의 세상에서
새벽 바다는 사라진 거야

장동건 닮은 사내

엘리베이터에서
앞집 할머님을 뵈었다
안녕하세요
누구시더라
앞집입니다
아, 그래요
너무 멋있어져서 몰라봤네요
감사합니다
퇴근길에 이발했습니다
집에 들어서자마자 거울을 봤다
장동건 닮은 사내가
웃고 있었다

우리 할매 참 고우시다

장롱 속 묵혀둔
한복 꺼내 입으시고
거울 앞에 서신다
고우냐
이쁘냐
자꾸만 물으신다
산다는 게 재미지지
웃을 때도 있고 울 때도 있고
이럴 때 저럴 때가 참 많더라
요놈 꽃분홍 저고리도
인자 버렸버려야제
허리는 꼬부라지고
주름은 어찌 많은지
옷태도 없고만

코끼리

누구나
코끼리 한 마리
가슴속에 품은 채
살고 있지 않나요
왼쪽으로 가야 할 때
오른쪽만 고집하는
코끼리
한 마리

서울 1980

그해 오월
충무로의 밤 열 시
선술집 청주 한 잔
목구멍에 털어 넣었다
장충단 공원 옆
청춘 나이트클럽으로 스며든다
청춘을 낭비하라 낭비하라
월급봉투가 비어 갈 즈음
여명의 거리로 기어 나왔다
짓밟힌 아침 광장에도
태양은 높게 떠올랐고
인사동 거리에는
빛고을 풍문으로 술렁거렸다

호외요, 호외
호외 뉴스는 길바닥에 나뒹굴며
비상사태를 주장했다
몰랐다 그 진실을
부끄럽다

찔레꽃

야야
왜요, 할매
샘물 좀 떠 온나
야야, 어쩨
물에서 꽃냄새가
이리 좋으냐
샘터에 찔레가
놀러 왔더냐

홀씨

가지 마오
그대여
내 옆에만 있어 주오
애원했더니
그대
햇살 웃음 지으며
내게로 날아와서
하얀 민들레꽃으로
피어났다

그림 같은 봄

봄날 오후
철쭉꽃들 떼 지어
소풍 나왔다
분홍 정령 모여서
노래 부를 때
봄 속에서 아이들이
나비 쫓는다

누가 그려 놓았나
이 봄을
이런 봄엔
죽고 싶지 않다

잔치국수

봄바람 속에 숨어온

반짝이는 칼날들

칼바람이 나를 유혹했다

아내는 잔치국수라도 먹고 가라 했다

돌아와 먹겠노라며

결전의 광장으로 내달렸다

광장에는 칼바람이 불었다

늑대무리는 운명의 칼을 들이밀었다

비웃음 뒤에 칼날을 숨긴 채 몸부림쳤다

죽은 자는 온전히 칼을 받아냈고

산자는 살기 위해 칼춤을 췄다

칼바람이 고요 속으로 숨었다

봄바람은 다정했고

잔치국수는 식었다

안분지족

햇살
한 줌 받고
망초꽃 피었다
양지든지 음지든지
손 흔들며
웃고 있다

벗꽃 엔딩

벚꽃잎 쏟아지는
윤삼월도 초하루
마을회관 앞마당에
할매들이 모였다
벚꽃잎 내린 자리
그늘에 앉아
입술연지 바르고
장수사진 찍는다
할매들
머리 위에
벚꽃잎 피어난다

꽃도 귀가 있어라

스물에 영감 만내
포도시 살때 꺼정
봄이 올랑가 갈랑가도
이자불고 살았당께
요라고 할매꽃 맨키로
땅만 보고 살다 봉께
꼬시 이뿐지도
늘그녁에 알았당께
진딸래 개너리 봄시롱
이뿌다 이뿌다 그시기 혔더니
뻘겋고 노런 꼬시
오지게 펴부럿당께
팔십이나 묵고 눈치챘당께
꽃도 귀가 있어라

향기로운 이별

목련 꽃잎
한 잎 한 잎
떨어집니다
흰 꽃잎 떨어지는
하늘 보다가
나도 몰래 눈물이
고였습니다
만남 끝에 이별을
이별 끝에
향기를
그대여 안녕
다시 만나요

이해인 시 동산

앵두골 가는 길
동산 하나
초록문 들어서면
대리석들 환한 얼굴로
꽃내음 건넨다
아기 마음
소녀 마음
엄마 마음
앵두꽃 시향
가득하다

아이처럼

엄마 사랑해요
엄청 사랑해요
오늘도 힘내요
아이는
엄마 손 놓고
학교로 달려간다
나도
저런 말
해본 적은 있을까

말씀을 노래해요

말씀 없으면
아침은 오지 않고
어둠뿐이죠
그 속에 웅크린 채
울기만 할 거예요
막막한 어둠 가운데
들어온 말씀이
아침 햇살 보여 주셨죠
아이처럼 신나게
춤을 추면서
온 마음으로
말씀을 노래해요
그날이 올 때까지
말씀과 동행해요

2부

햇살 맞은 가지마다

여름 풍경

뜨거운
햇살이
강물에 처박힌다
참나무 숲
비집고 나온 바람이
망촛대를 흔든다

저녁놀 질 때마다

잘 있나요
안 아픈가요
나처럼 그리운가요
노을 지는 소양강변
벤치에 앉아
다짐했던 그 약속
기억하나요
지금도 그대 눈빛
가슴에 남아
저녁놀 질 때마다
그립습니다

꿈꾸는 호랑거미

첩첩
동심원 그려 놓고
청춘을 낭비하는
호랑거미 한 마리
꽃바람이 놀러 왔다가
동심원과 다툰다
숨죽여라
숨죽여라
나비 꿈꾸는
호랑거미

고슴도치섬 전설

고슴도치섬 동쪽
깊은 강물 속에는 물의 정령이 산다
후드득 호드득
소나기 그친 여름날 저녁
여인 하나 물빛 원피스 입고
강변 거닐다가
노을 닮은 청년 하나를 만났다
청년은
소나기 비켜 간 버드나무 아래
비에 젖은 여인 위해
모닥불을 피웠는데
여인은 간 곳 없고
물새 한 마리
울며불며
모닥불 속으로 뛰어들었다

이브 카페

그때

그대

이브 카페 문 열고

빗속으로 떠났지

세월 흐르고

다시 찾아왔지만

그 모습 볼 수 없어라

유리창을 두드리는 빗방울

그대가 보낸

편지일까

별 하나가

칠월도 그믐밤
남쪽 하늘에
외눈 고양이 한 마리
내 창을 들여다본다
얼마나 그리우면
이 밤도
홀로 지샐까

제천 회군

중앙고속도로
무량수전 본다고 나선 길
속도계 바늘은
욕심과 집착 사이를 오르내린다
영주에 다가갈수록
마음은 공(空)
뭣 하러 나선 길인가
선묘에게 할 말도 없잖은가
제천 톨게이트를 돌아 나와
다시 춘천으로
대서의 태양은 고도를 더욱 높였다
차창을 뚫고 들어온 햇살이
팔뚝 살에 꽂힌다

시베리아 바람

오늘은
시베리아 바람이고 싶다
세상살이에
열 받은
그대를 위해

의암호에서

삼악산
넘어가는 해님
일렁이는 강물 위에
그리움 풀어 놓고
누구한테
가는 걸까
설마
다프네

장맛비

운동장 고랑마다
빗물 고여 찰랑댄다
울퉁불퉁 고랑마다
빗방울이 채웠다
움푹 파인
상처마다
어루만진다

수타사

공작산 능선 아래
관음보살 좌정하고
속세 사람 다독일 때
수타 계곡
청정한 물 위에
아미타 미소가 어리네

상추야 안녕

햇살이
커튼에 박히는 아침
텃밭은
아침을 펼쳐 놓았다
상추야 안녕
오이야 안녕
혼자 맞는 아침
말동무
한 사람이
그립다

잿빛 고양이

봉의산
꼭대기에
잿빛 구름 모여들어
발톱 세우고
도시를 노려본다
무슨
사연 있길래

집착

벚나무 가지 끝
대롱대롱
물방울 하나
그대에게
붙어있는 나
떨어지지 않으려고
안간힘을 쓴다

캄캄해서 울었다

억수비 쏟아 붓는 초저녁
이홉 쐬주 한 병 품고
이말산 공동묘지에 숨었다
어금니로 병뚜껑을 씹어 삼키고
목구멍 속으로
쐬주를 쏟아 부었다
꺼이꺼이 울었다
늑대처럼 울었다
빗소리 보다 더 크게
한참을 울었다
앞이
캄캄해서
길이 보이지 않아서
미친 듯이 울었다

아침 이슬

자작나무 마을로
뽀얀 안개들이
놀러 나왔다
앙상한 가지 사이로
넘나들면서
슬픈 노래 한 자락 불러주는 걸까
자작나무 가지마다
눈물 달았다
햇살 맞은 가지마다
그리움이
매달렸다

Dear John

존은
전장(戰場)으로 달려 나갔다
메리는
존을 그리워했다
그리움이 커갈수록
사랑은 식어갔다
기다림에 지친 메리는
또 다른 존과 결혼을 약속했고
최전선(最前線)으로
이별 편지를
보내고야 말았다

남동풍의 기습

긴급상황이다

여명을 틈타 열풍이 기습했다

파도 속에 숨어온 적들

비릿함으로 위장했다

보초병은 긴장하라

육지로

육지로

진격하는 남동풍

설악을 넘은 폭염군단

수도권을 노려본다

덕수궁 돌담벽에

비는
기다려도
그칠 줄을 모르고
그 사람은
기다려도
오지 않네요
그칠 줄을 모르는
그리움 안고
덕수궁 돌담벽에
기대어 서서
빗속으로 떠난 사람
그리워해요

평창강, 그해 여름밤 별빛 아래

여보게, 정 선생 내 말 좀 들어보게
딸 다섯 키우느라
하늘 한번 올려다본 적 없다네
밭에 나가 땅 파고 힘들면 주저앉아
밭고랑에 잡초들만 노려보았다네
배추가 잘 크나 옥수수가 잘 크나
돌보느라 별 한번 본 적 없다네
이제는 시골살이도 행복하다네
다섯 딸 다 키워 도회지 내보내니 살만하다네
듣도 보도 못한 것들과 친구가 되었다네
저 흐르는 물소리는 얼마나 듣기 좋은가
풀벌레 노랫소리는 어떤가
또르르 노래하는 저 풀벌레들을
나는 왜서 외면했을까

이제라도 별도 보고 달도 보면서
풀벌레 노랫소리에 귀 기울이니
이 얼마나 좋은 일인가
나는 참 행복한 사람이라네
여보게, 정 선생 자네는 어떤가
달도 보고 별도 보는가
올여름 애매미는 무슨 노래 부르던가

핑계

톡
빗방울 하나
어깨를 친다
중력 핑계 삼아
스며드는
그리움
한 방울

광치령 휴게소

인제 가는 길

가오작 언덕 끝에

마당 넓은 휴게소가 있다

마당 한 켠 평상마다

나그네들 모여 앉아 더위를 쫓고

골바람 불 때마다

느티나무 어깨춤 춘다

평상 위에 누워 하늘을 본다

폭염바다는

푸르게 푸르게 출렁인다

깊은 여름 속

가을 머문 자리

여긴

네팔 산마루

유년(幼年)의 강(江)

동무들과 개울에서
버들치 잡고
목화밭 설설
기며 꽃송이 따먹다가
주인한테 붙들려
꿀밤 맞던 그때를 잊고 살았다
다시 찾은 고향 산은
나지막이 엎드려 있고
고향 마을 설보름은
손바닥 안에 숨었다
어린 시절 동무들은 어디로 갔을까
홍시 따먹던 추억은 또렷한데
미역 감고 놀던 강물은 흐릿하다
유년의 강물은
추억 속에서만 흐른다

3부

빛들 모여 웅성거리네

가을날 오후

고시원 창문 너머
잿빛 하늘 빈자리
전깃줄 오선지 위에
단조 가락 매달아 놓고
떠나가는
너의 가을

하나님을 보았다

햇살 무리
은행나무 가지마다 붙었다
노란 비둘기 떼
후드득 비상한다
번뜩
하나님을
보았다

박하사탕

청춘이 뭐하는 게냐
흐릿한 꿈이라도 있어야지
서울 가거라
늦가을 호두 판 돈
팔만 원 돌돌 말아서
청바지 앞주머니에 넣어 주셨다
스무 살 때 할머니를 떠났다
그 후로 다시 뵙지 못했다
농 속 이불 틈에서
꺼내 주시던 박하사탕
다시 먹고 싶다
할매
보고 싶어요
고맙습니다
사랑합니다

노랑 눈꽃

노랑 태양이
높게 뜬 날이었다
은행나무
노랑 햇살 보며 웃는다
쏟아져 내린 햇살들
우수수 떨어지는
노랑 눈꽃송이
겨울인 줄 알았다

쑥부쟁이 인생

보여 줄게
뭐 있겠는가
살아온 이야기 변변찮고
쌓은 것 소소할 뿐
갈바람 따라서
흔들흔들
쑥부쟁이 인생
이 또한
즐겁다

노을역(驛)

하늘로 가는
정거장인가
빛들 모여 웅성거리네
천국행
열차 타려고

최후의 그리움

빗방울 하나
창살 끝에 매달려서
커졌다가 작아진다
떨어지지 않으려고 안간힘을 쓴다
최후의 그리움일까
죽기 살기 매달린다

잠자리 비행장

햇볕이 파랑파랑
느티나무 그늘로
아이들이 모여든 날
된장잠자리 한 마리
하늘에 닿았다가
비처럼 내렸다가
텃밭 위를 맴돌더니
성곡령 너머로
북새꽃이 질 무렵
달맞이꽃에 앉는다
오늘 밤도
달님 자장가 들으며
인도양 건너가는
꿈을 꾸려고

막둥이

코웃음 달고
딱지 접는 막둥이
색종이를
이리 접고 저리 뭉치고
딱지마다 삐뚤삐뚤
딱지 닮은 건
하나도 없다
이거 이거
아빠꺼

을지 전망대에서

노을빛으로
물들었네
북녘의 산산산
저어기 저기가
풍악이렸다
거북 능선 끝자락에
촛불 하나 피었다

커피 믹스

한 집에
커피와 프림
설탕이 함께 살아요
내가 제일
달콤하다고
고소하다고
최고라고
자랑하지 않아요

보름달 편지

동그란 엽서 위에
편지를 써요
보고 싶은 그대여
그립습니다
꾹꾹 눌러 써 놓고
잠을 잤어요
꿈결인 듯 그대와 나
꽃잠 자다가
부끄러워 깨어보니
편지가 없네요
꿈속에서 그대에게
보냈나 봐요

아시나요

웃는 얼굴에
외삼촌 같은
입만 열면
왕조실록 흘러나오고
소주 한 잔에
인문학 안주 삼아
밤새 정담 주고받을 수 있는
그런 사람
조〇수를 아시나요

한반도섬에서

파로호 가로지른
한반도섬에
금빛으로 부서지는
그리움 조각들
서산 넘어가던
붉은 해님이
강물 위에
그리움 던져 놓고서
저만 혼자
내일로
떠나고 있다

볼펜 볼

하얀
A4 종이 위에서
알몸으로
데굴데굴
하얀 밤 지새우며
그대 생각으로
데굴데굴
밤새도록
굴러다니다가
문득
그대 그리움

혼술

한 잔
두 잔
석 잔은 못했습니다
잔 속에서
그대 모습
자꾸만
맴맴 돕니다

BTS 유엔총회에서

네 시선 앞에

나를 세우고

네 희망대로 살려고 했어

시나브로

나는 사라지고 없었지

나는 누구일까

나를 찾고 싶어

이젠 달라질 거야

내 영혼의 목소리로 노래할 거야

내 몸짓으로 춤 출 거야

내가 나일 때

네게

참 평화 줄 수가 있어

배호 노래비

주문진 소돌 해변
아들바위 가는 길에
노래비 하나
파도처럼 그리운 정
담고 왔다가
부딪쳐서 깨어지고
물거품 된 사람
밀물처럼 왔다가
썰물 된 사람
중저음 파도는
밤새도록
사랑 노래 부른다

호기심

소녀의
웃음 속 기쁨은
어디서 온 걸까

은행나무는 노랑 물감을
누구에게 보냈을까

한 겹 한 겹
벗어버린 나목은
부끄러울까

진실

큰 소리로
달려왔다가
적막 속으로 사라지는
네 목소리
그대
그리움도 커졌다가
소멸하는 공허
깨알만 한 정 때문에
산다는 것은
진실일까

찻잔 속 그대

나른한
오후 세 시
커피 한 모금
커피 두 모금
세 모금은
마실 수가 없습니다
찻잔 속 그대 얼굴
웃고 있어요

국어사전

국어사전은
오래전부터 실직상태다
두툼한 풍채에
천의무봉 어휘들은 생기를 잃었다
초성은 햇살을 모으지 않고
중성은 후각세포를 상실했으며
종성은 꿈꾸지 않는다
요즘은
오래된 서점에서
일당벌이를 하는데
책꽂이 밑바닥
받침대로 밀려났다

만추(晚秋)

무성했던 여름이
비밀을 공개했다
초록잎은
방어막을 해제했고
찔레나무 숲속
딱새 둥지는
위장을 풀었다
나목 사이로
지친 가을이 서성거린다

깍두기 같은 사람

두 발로
이야기 줍는 사람
골짝마다 유래 찾고
역사 속에서 정의 찾는 사람
꺼이꺼이 울며
속 이야기 꺼내 준 사람
삼태성이
자기 별이라고 우기는 사람
자꾸만 생각납니다
소주 한 잔에
깍두기 같은 사람

석양

금빛가루 풀어놓고
산을 넘는 석양이여
출렁이는 그리움도 가져가다오

사랑 그거

사랑 그거
먹먹한 통증
마주 보는 눈동자에
안개가 일고
돌아서서 한숨짓는 것
건널 수 없는
강물 하나 만들어 놓고
서로 그리워하는 것
사랑은 통증
지울 수 없는
문신 같은 것

출근 명령

아침
정각 여섯 시
알람시계는
출근 명령을 내렸다
2차선 도로는
안개 속에 숨었다가
전조등 불빛 따라 꿈틀거린다
은빛 안개꽃이
차도 위에서 춤을 춘다
꼬리마다 붉은 등 달고
한 줄로 달려가는 병사들
삶의 현장으로
침투하라

그 사람

상고머리에 까만 얼굴
웃음 먹은 작은 눈
시골 냄새 풀풀 나는 사람
입만 열면
남도 이야기 흘러나오고
뱀사골 전설 풀어 놓을 땐
곁눈질도 못 한다
막걸리 한 잔에 뱅어포 안주
밤새 마주 앉아 노닥거려도
지겹지 않은 사람
별을 헤아리다가
꺼이꺼이 울며
청춘을 회개한 사람
그 사람을
나는 알고 있다

강물처럼

시간은
어디로 가는 걸까
강물과 시간은
친구일까
흘러간 사람들
지금은
어디에
닿았을까

페이터의 산문

페이터의
산문 요약본을
세 번 접어서
심장 곁 주머니에 넣고 다닌다
세상사 무거움이
먼지처럼
가벼워지라고
삶의 이유를 잡으려고
잡을 수 없음을
알아채려고

4부

더 사랑하며 살라고

토르소

플라타너스는
팔이 잘린 채
겨울 오는 길목에
알몸으로 서 있다
벌거벗긴 몸뚱아리
그 모습
당당하다
미안하다

미안해

함박눈
내리는 저녁
하얀빛 우산 하나 들고
버스 정류장에 앉아
널 기다린다
눈은 길을 덮었는데
널 태운 버스는
오지 않았지
널 기다려서
미안해

지금 어디에

마지막
기차로
떠나버린 그대
저녁놀 질 때마다
그리운 그대 얼굴
또렷하구나
보고 싶은 사람아
강물 같은 사람아

잊지는 말아요

여름 가고
가을 가고 가을 가고
겨울도 가겠지요
봄도 가겠지요
세월 따라 우리도 가겠지요
빗물 같은 세월은
추억도 약속도 지워버리죠
그래도 잊지는 말아요
우리 처음 만난 날
마주 보던
그 눈길은

봄을 잃은 남자

어느 초겨울 정오
남자는 은행을 털었다
돈다발을 배낭에 쑤셔 넣고
깊은 산속으로 도주했다
겨울이 깊어 갈수록
불안도 깊어 갔다
사이렌 노래 따라
경찰들이 몰려온 아침에
남자는 절벽 아래로 몸을 던졌다
사이렌은 침묵했고
사람들 웅성거림은 커졌다
남자는
돈을 훔치고
봄을 잃었다

더 사랑하라고

반짝반짝 빛나는
박수 소리가 들려요
칭찬인 줄 알았는데
더 꿈꾸라고
더 사랑하며
살라고

꽃별

총총한 별 가운데
꽃별 하나가
늘 제자리에서
반짝입니다
형아
저어기 꽃별
저 별은
내 별이야
잊지마
바로 나야

안개

안개는
고양이를 닮았다
아침부터 온 동네
흰 이불로
덮어 놓고서
살금살금 숲 속으로
숨어 버렸다

얼음 손

저녁밥도 못 먹고
맨손 세차하는 당신
영하 날씨에도
호호 불며 일하네요
당신 손을 잡아 봅니다
한참 동안
그 손
놓지 않았습니다

별빛 당신

눈짓은 믿음
몸짓은 소망
우정 반 사랑 반
세상 보다
큰 당신

왜

피튜니아
꽃잎 위에
나비 한 마리
손 내밀고 다가가니
날아갑니다
내가 싫은가

바람아

바람은
바람과 싸울까
바람아
넌
과거를
이길 수 있니

행복

어제 같은
오늘도
단풍나무는
불평도 없다
어떤 바람 불어와도
신바람 춘다

담배 한 모금

한 개비
뽑아 물고
날숨 하나
들숨 하나
시 한 모금
그리움
한 모금

어느 시인의 유품

울었다
웃었다
침묵했다
그리고
이별 편지 한 장과
빛바랜 흑백사진 속
엄마 얼굴

거짓말

첫눈이 내립니다
오늘은
그대가 그립지 않습니다
복숭앗빛 두 볼
그믐밤 샛별 두 눈동자
당신을 모두 잊었습니다
오늘은
그대를 하얗게 잊고
안개꽃 한 다발 품에 안은 채
서울역 광장 시계탑 옆에
밤새도록 서 있겠습니다

용산 아리랑

불꽃이 피어오른다
옥상은 지옥이다
살길을 열어달라고
기다려 달라고 애원했지만
거인은 무자비했고
불길 속 아버지는 약했다
날개 잃은 난쟁이는 몸을 던졌다
혼자 된 엄마는
생존 광장 모퉁이
무표정한 거리에서 호떡을 굽는다
불꽃 진 자리엔
30층 거인이
광장을 쏘아보고 있다

얼음 꽃

꽃송이 하나가 떨어졌다
먹먹한 가슴팍으로
하늘이 무너졌다
생기는 숨었고 꽃잎은 차다
아들 잃은 아버지는
응급실 층계에 홀로 앉아서
밤새도록 울었다
얼음 꽃 한 송이
심장 속에 파묻었다

사치일까

한 마리에
이만 원
치킨 몸값이 상한가를 쳤다
일당 이만 원으로
치킨 한 마리 사다가
어린 자식 입에
넣어주는 것도
사치일까

첫눈 에피소드

언덕길 오르는데
차가 뒤로
미끄러진다

그대에게
밀려날까 봐
조마조마하다

함박눈

밤새도록
함박눈이 내렸다
걱정도
슬픔도
덮어 버렸다
오늘
하루라도
웃으면서 살아보라고

밥벌이의 고통

여섯 시 정각에 기상했다
입속으로
누룽지를 밀어 넣었다
모래 맛이다
지루한 출근길
차창을 내렸다
비릿한 바람이 달려들었다
구역질이 났다
차창 밖으로 누룽지를 토했다
말똥 벌레 한 마리가
툭 떨어진다

이럴 줄 알았더라면

그때, 광장엔

바람만 불어댔고

그리운 너는 오지 않았어

저물어 가는 하늘을 봤어

하늘엔 네 얼굴이 떠다니고

난, 어둠 속으로 기어들었지

사랑은 오랜 기다림이 되었고

달콤한 약속은 상처로 남았지

어둠 내린 광장에 그림자들이

힐끔대며 나를 놀려댔지

그것 보라고

혼자인 널 좀 보라고

광장엔 바람만 불어댔고

넌

오지 않았어

맴돈다

잿빛 하늘에
새 한 마리
날지 않고
첫사랑의 맹세만
맴맴 돈다

트위스트를 좋아하시나요

트위스트는

왜 듣냐고 놀리지 말아요

가사도 모르고

가수 이름도 몰라요

볼륨을 높이고

그냥, 들어보세요

몸이 절로 춤출 거예요

고개 춤을 추고 발도 굴러요

노래 속에 풍덩 빠져 보세요

산다는 건

춤추는 거 아닌가요

한 번쯤은

민낯으로
겨울 맞은
나목(裸木)의 열정
한 번쯤은 알몸으로
한 사람을
그리워하자

천국 문이 닫히기 전에

청둥오리 한 마리
서쪽 하늘로 날아간다
천국 입구
노을 문 닫히기 전에
어둠아 멈춰라
날개야 서둘러라
청둥오리 한 마리
화살처럼
날아간다

5부

휠휠 나비되어

위로(慰勞)

사람 하나
섬인가
외롭다

자정에도
잠 못 드는 너
걱정 마
아침 안개로 달려가
널 안아 줄게

더 늦기 전에

우리 손잡고
꽃지 해변 갑시다
지금 갑시다
나중 말고
당장 갑시다
노을꽃이 지기 전에
더 늦기 전에

모르페우스에게

죽음의 문턱에서
고통으로 악을 쓰면
몰핀을 다오
호흡길랑 꽂지 말고
몰핀을 다오
노을 지는 창문
커튼을 올려다오
노을 따라
웃으며 질 수 있게
몰핀을 다오

말로 해봐요

당신
나, 사랑해요
뭘 자꾸 물어
꼭 말로 해야 되나
그래도 말로 해봐요
어이 참
사랑해 사랑합니다
좀 다정하게 말하면 어디 덧나요
어느새 코 고는
당신
자면서도 웃는다

무언(無言)의 멘토

생기 잃어 가거든
내 몸에 약 쓰지 말고
병원에 보내라
병든 육신
주삿바늘 꽂지 말고
내 속 열어젖혀라
쓸모 있거들랑
아낌없이 주어라
좋은 일
한 번 하고
떠날 수 있게

노을이 불탄다

저렇게
붉은
불꽃을 본 적 있는가
코피보다 붉게
노을이 불탄다
내 가슴도
불탄다

물음표라 쓰고

셀프라 쓰고
커피라 읽습니다
커피라 쓰고
인생이라 읽습니다
인생이라 쓰고
물음표라 읽습니다
물음표라 쓰고
느낌표라 읽습니다

그날은 온다

낮이든지 밤이든지
감옥에서든지
자식은 하늘 무너지는 소리를 듣고야 만다
맛나게 잡수시던 조기 한 마리
카네이션꽃 한 송이
다시 드릴 수 없어서
땅을 치며 울어봐도 소용이 없다
가신님은 한 걸음도 되돌리지 못하고
훨훨 나비 되어 날아가신다
영정 앞에 엎드려 늑대처럼 우는데
국화꽃 가우자리 웃음 지으시며
괜찮다 괜찮다 하시는
우리 엄마

죽음 여행

끝은 어디쯤일까
숨 멎는 그 순간엔 알까
'데이빗 구달' 박사는
왜 죽음을 선택했을까
마지막 순간
합창교향곡은
왜 듣고 싶었을까
환희의 송가는
남은 자들 사이로 흐르고
박사는
레테강(江)을 건넜다

병풍 뒤에 숨은 할매

얼굴이 뽀얗다
눈을 감았다
입술은 단정하다
손은 얼음이다
생사를 가로막은
병풍 위에 목단꽃이 핀다
하얀 나비 한 마리가
꽃잎에 앉는다

가위 춤

연갈색 세월 입고
백발 신사 머릿결 따라
춤추는 가위여
뭇
민초들 애환
잘라버렸구나
너는
참, 옳은 가위다

별이 지다

온화한 사람

착한 사람

약자 편 들어준 사람

새벽 첫 버스에 올라

하소연 들어준 사람

민중의 별

노회찬

홀로 갔다

슬프다

맘이 아리다

해바라기 미소만

남기고 갔다

무림고수

남산골
강호 논객
십고초려 출 논단
세치혀 신공 펼쳐
무림패권 노렸으나
엄혹한
메시지 신공에
세치혀를 잘렸구나

부석사에서

1
일주문 오르는 길
은행나무 합장하고
오가는 중생
천년 공덕 빌어 준다

2
그림자 앞세우고
일주문 들어서니
사천왕이 호령한다
속세 티끌일랑
털고 오라고

3

한번은 가야지

무량수 만나 뵙고

번뇌 해탈 여쭤야지

고집불통 코끼리

일주문에 묶어놓고

웃으며 돌아오리

4

뜨락에

고무신 한 쌍

암자는 적적한데

바람이 제 혼자서

풍경을 흔들어 댄다

훨훨 나비 되어

영문도 모른 채
열네 살 소녀는
바람의 거리에 강제 소집당했다
육신은 짓밟히고
영혼의 날개마저 상실당했다
광복의 그 날까지 정처 없이 떠돌다가
스물둘에 귀향했다
날개는 찢겼고 비상은 불가능했다
10억보다는 사과 한마디를 소원했지만
그들은 외면했다
또다시 바람 부는 광장에 서서
사람 권리를 외쳤다
결국, 대답은 듣지 못한 채
큰 숨 한 번 쉬고 눈을 감았다
훨훨
나비 되어 날아갔다

도도새

언덕 아래로부터
불어온 바람이
겨드랑이 사이로 빠져나간다
겨드랑이를 더듬는다
날개가 없다
아스라한 비행의 추억
비행은 어떤 것일까
아버지의 아버지 때부터
날개는 실종상태다
비행은 멸종되었다

너만 주인공

누구든 너만
그리워해야 한다고 했지
먼저 그대에게
달려간 적은 있니
보고 싶었다고
고백해봤니
이젠
네가 먼저 말해봐
그리웠어
보고 싶었어
라고 말해봐
손 잡아봐

배추 반쪽

짠물 속에서
그대 기다리다가
신물마저 토해내고
노르스름 절여진
배추 반쪽
매콤한 양념 속 나뒹굴다가
옹기 속에 던져졌다
그리움도
삭혀질 즈음
숙성된 꿈

창문을 다시 열고

작은 기척에도 놀라 백열전등을 껐어
창문을 3센티만 열고
너의 작은 몸짓에 집중했어
소리 없는 네 웃음과 희미한 손짓
이해할 수 없는 언어들
다시 창문을 닫고 골방에 몸을 숨겼어
오랜 친구, 어둠이 말을 건넸어
알 속에 웅크린 사람아
나비 꿈꾸는 사람아 일어나라
창문을 다시 열었어
오가는 버스들 사람들
행복은 창밖 세상에만 있는 걸까
가보고 싶은 시간
만나고 싶은 그리운 사람

흐릿한 백열전등 아래서 단꿈을 꿨어

플라타너스 잎 사이로

쏟아지는 햇살 받으며

네게로 달려가는 꿈

시는 왜 쓰나

황금 노을 서산에 걸릴 때쯤
그리운 이 자꾸만 손 흔들기 때문일까
쓸쓸함이 귀신처럼 달려들기 때문일까
'그립다' 한 마디가
태양보다 높게 떠올랐기 때문일까
시는 왜 쓰나
나는 무엇으로 사나

캄캄해서 울었다

1판 1쇄 발행 2020년 11월 20일

지은이 정주영

펴낸이 서형열 | **펴낸곳** 한평서재

디자인 서민재

출판등록 2020년 2월 20일 제352-2020-000004호

전자우편 spc4seo@gmail.com

ISBN 979-11-970622-1-6